季題別句集

行路

Kouro

星野立子
星野椿
星野高士

花乱社

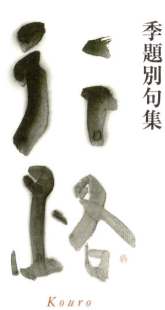

題／章題揮毫　山本素竹

［直筆短冊］

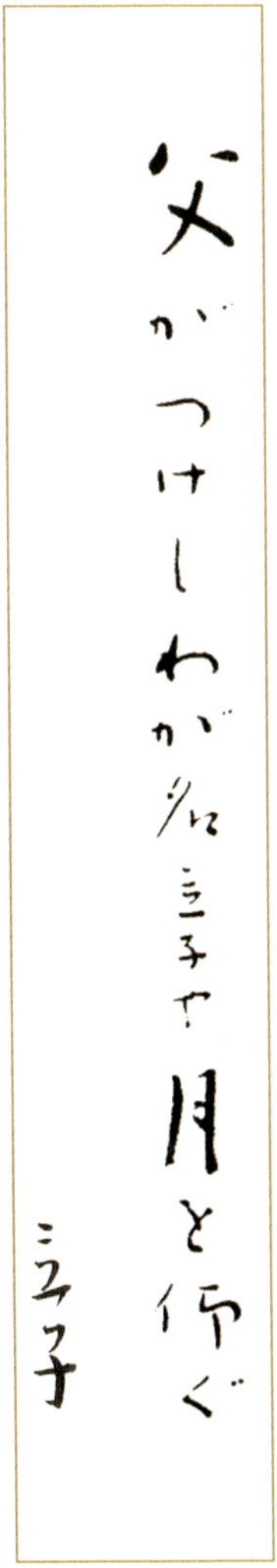

装丁／design POOL

季題別句集　行路❖目次

新年

追羽子……2
小正月……3
三ヶ日……4
新年……5
初電話……6
初夢……7
餅花……8
破魔矢……9
松過……10
礼者……11

春

犬ふぐり……14
鶯……15
梅……16
帰る雁……17
陽炎……18
霞……19
風光る……20
蝌蚪……21
虚子忌……22
草餅……23
紅梅……24
仔馬……25
囀……26
桜……27
残雪……28

下萌……29
春光……30
春潮……31
春泥……32
春灯……33
春雷……34
沈丁花……35
早春……36
卒業……37
チューリップ……38
蝶……39
土筆……40
椿……41
涅槃……42
花……43
花見……44
春……45
春浅し……46
春惜む……47
春風……48
春炬燵……49
春寒……50
春雨……51
春の暮……52
春の野……53
春の水……54
春の雪……55
春の夜……56
春の宵……57
春火桶……58
雛……59
雛あられ……60
木瓜の花……61
水温む……62
ものの芽……63
百千鳥……64
雪解……65
余寒……66
ライラック……67

夏

青嵐……70
青簾……71
暑さ……72
打水……73
落し文……74
黴……75
髪洗ふ……76
蚊遣火……77
烏瓜の花……78
鱚……79
桐の花……80
草笛……81
香水……82
河骨……83
五月雨……84
菖蒲……85
初夏……86
新樹……87
水飯……88
涼し……89
蟬……90
ソーダ水……91
泰山木の花……92
滝……93
月見草……94
梅雨……95
籐椅子……96
夏……97
夏帯……98
夏草……99
夏野……100
夏の蝶……101
夏料理……102
夏炉……103
薄暑……104
葉桜……105

端居……106
蓮……107
葉柳……108
薔薇……109
万緑……110
日傘……111
避暑……112
火取虫……113
日焼……114
蛍……115
時鳥……116
祭……117
短夜……118
浴衣……119
百合……120
緑蔭……121
冷房……122
老鶯……123

秋

秋……126
秋風……127
秋簾……128
秋茄子……129
秋の雨……130
秋の空……131
秋の蝶……132
秋の灯……133
秋の山……134
秋晴……135
朝顔……136
天の川……137
うすばかげろふ……138
女郎花……139
鉦叩……140
菊枕……141
霧……142
桐一葉……143

草紅葉……144
コスモス……145
爽やか……146
残暑……147
子規忌……148
新涼……149
芒……150
月……151
露……152
蜻蛉……153
西の虚子忌……154
後の月……155
野分……156
萩……157
初秋……158
花野……159
花火……160
花火線香……161
蜩……162
曼珠沙華……163
蓑虫……164
名月……165
木犀……166
紅葉……167
桃……168
夜寒……169
夜の秋……170
流星……171

冬

息白し……174
落葉……175
顔見世……176
風花……177
悴む……178
風邪……179

鴨……180
寒菊……181
口切……182
クリスマス……183
凍る……184
炬燵……185
木の葉髪……186
小春……187
左義長……188
寒さ……189
時雨……190
霜夜……191
水仙……192
炭……193
焚火……194
竹馬……195
短日……196
氷柱……197
石蕗の花……198
年の暮……199
年忘……200
酉の市……201
煮凝……202
初時雨……203
春待つ……204
屏風……205
冬……206
冬構……207
冬薔薇……208
冬の蝶……209
冬の月……210
冬の日……211
冬の山……212
冬日和……213
冬めく……214
水鳥……215
目貼……216
虎落笛……217
雪……218
雪晴……219
炉……220

あとがき……221
季題別索引……223

一、**本書の主旨**　本書は、星野立子・星野椿・星野高士の句を四季・季題別に掲載し、それぞれの句を玩味していただくだけでなく、これまでにない俳句入門・参考書として愛蔵されることを目指した。

二、**収録した句**　これまで親しまれてきた句を中心に、時代や三作者の特徴をよく示す句、将来、古典になると思われる現代の句を精選して収めた。

三、**本書の構成**　新年・春・夏・秋・冬に章立てし、各章中は季題別50音順に排列した。巻末に50音順の季題別（本季題・副季題）索引を掲載することで、作句の便を図った。

四、**掲出句の表記**　原則として常用漢字表に則り、歴史的仮名遣いに拠った。難読語には適宜振り仮名を施した。

新年

追羽子

駄菓子屋のボールの箱に羽子を売る　立子

羽子ついて小さき孫に負けにけり　椿

羽子をつく音の響きし谷戸の奥　高士

小正月

誰も来よ今日小正月よく晴れし　立子

三越に何となく寄る女正月　椿

花街の窓なき家や小正月　高士

三ヶ日

三ヶ日早過ぎ四日遅々と過ぎ　立子

遠山も輝き続く三ヶ日　椿

老松の上に空あり三ヶ日　高士

あばれ独楽ぬかるみにはね子等の春　立子

鎌倉八幡宮　昭十一・一・一

母も叔母も祖母も兎や年明くる　椿

鎌倉は海と山あり今朝の春　高士

新年

初電話

初電話ありぬ果して父の声　立子

初電話掛かればすぐに逢ひ度くて　椿

街音もその中にあり初電話　高士

初夢と話しゐる間に忘れけり　立子

初夢の後姿を追ひかけて　椿

初夢を見むと眠りしまま夜明け　高士

初夢

餅花

繭玉に灯れば又まねき猫　立子

繭玉を持つて走れば色揺るゝ　椿

餅花の高さを揺るる飛騨民家　高士

子に破魔矢持たせて抱きあげにけり　立子

大壺に破魔矢を立てゝ我が意とす　椿

破魔矢持つ手を高く上げ進みけり　高士

破魔矢

松過

松過ぎてがらりと変る人通り　立子

松とれてもう忙しさの渦の中　椿

松過の富士を探してゐる車窓　高士

羽織だけ着替へ賀客を迎へけり　立子

渦潮を越えて来たりし賀客かな　椿

賀客去りても華やげる一間かな　高士

礼者

春

犬ふぐり

犬ふぐりどこへゆきても花ざかり　立子

雪に濡れ紫上げし犬ふぐり　椿

犬ふぐり咲くどの道もどの畦も　高士

うぐひすや寝起よき子と話しゐる　立子

鶯や政子の墓の道を問ふ　椿

立子忌の初音はそれとなく淋し　高士

鶯

梅

梅白しまことに白く新しく　立子

梅匂ふことも立子の墓らしく　椿

落日にまだまだ遠き梅の花　高士

美しき帰雁の空もつかの間に　立子

阿蘇五岳帰雁の空となりにけり　椿

雁帰る空あり彼方ありにけり　高士

帰る雁

陽炎

少年の夢多し陽炎うて道遠し　立子

陽炎や忽ち出来し駅と町　椿

天空にまで陽炎の先とどく　高士

耳成《みみなし》と畝傍《うねび》濃淡霞中　立子

一舟の沖に動かず朝霞　椿

街霞みつつ人急ぎつつ夕べ　高士

霞

風光る

表札は佐々木信綱風光る　立子

下の子も自転車覚え風光る　椿

むさし野の木々の葉裏へ風光る　高士

蝌蚪一つ鼻杭にあて休みをり　立子

芹の水蝌蚪の水とて光り合ふ　椿

蝌蚪覗く人に加はる風の中　高士

蝌蚪

虚子忌

虚子忌とは斯く墨すりて紙切りて　立子

虚子忌へと野は紫の風が吹く　椿

虚子忌近し生意気な少年と言はれ　高士

草餅を頬ばりし時目が会ひぬ　立子

草餅の出来上る迄庭仕事　椿

草餅や秩父颪は外のこと　高士

草餅

紅梅

紅梅にはつきりと雨上りたり　立子

手庇をちよつとずらせば濃紅梅　椿

紅梅に人集りて静かなり　高士

仔馬

牧の朝昨日生れし仔馬見に　立子

やつと立つ仔馬に牧の朝の風　椿

走る夢瞳にありし仔馬かな　高士

囀

囀をこぼさじと抱く大樹かな　立子

火の国の夜明は早し囀れる　椿

雨上りたる囀となりにけり　高士

目の前の落花遙かの落花かな　立子

尾根桜西行庵に道険し　椿

桜

人にまだ触れざる風や朝桜　高士

残雪

残雪の蔵王身近かと思ひ泊つ　立子

轆轤蹴る残雪の山真向ひに　椿

残雪の高さに汽車の進みをり　高士

下萌

下萌を促す雨は雪となり　高士

下萌に縄跳びの影躍りけり　椿

下萌えて土中に楽のおこりたる　立子

春光

春光のあまねきときぞ吾も仏　立子

春光をのせて新たな雲一つ　椿

春光の先へ先へと人歩く　高士

春潮を漕ぎきし舟のはやつきぬ　立子

春潮を越え来し旅の出会ひかな　椿

春潮に工船の灯の洩るるかな　高士

春潮

春泥

春泥に歩きなやめる遠会釈　立子

春泥を来し赤い靴黒い靴　椿

春泥を歩き旅人同士かな　高士

春燈や云ひてしまへば心晴れ　立子

看とられてうつゝの母に春灯　椿

春灯の華やぎどこを歩いても　高士

春灯

春雷

奇蹟待ちつゝ春雷をきゝゐたり　立子

春雷の上り忌日の石畳　椿

春雷に浮かぶでもなく街の底　高士

一歩ゆき一歩戻りて丁字の香　立子

沈丁の開かんとする香りかな　椿

沈丁の香りも雨に隔てられ　高士

沈丁花

早春

早春の此処につましきわが庵　立子

早春の風凜々と青かりし　椿

早春の鉄路は錆しまゝ伸びし　高士

今日は孫卒業の日よ何かせん　立子

逞しきラガーとなりて卒業す　椿

落第を逃れて送辞聞いてをり　高士

卒業

チューリップ

チューリップ花剪ることが今朝の用　立子

ジャムを煮る匂ひ流れてチューリップ　椿

チューリップ見て青春の旅なりし　高士

初蝶を見て来しことを言ひ忘れ　立子

初蝶の仲間に入りて後先に　椿

目の前をよぎりし蝶のもう遙か　高士

蝶

土筆

まゝごとの飯もおさいも土筆かな　立子

土筆でも生えてゐさうな水辺かな　椿

日暮てふ色もありけり土筆摘む　高士

渋色となりてかなしき落椿　立子

虚子の塔椿盛りや去り難し　椿

一厘の椿揺れゝばみな揺るゝ　高士

椿

涅槃

山寺や涅槃図かけて僧一人　立子

鐘聞こゆ我に親しき涅槃寺　椿

涅槃図を前に正座を崩したる　高士

わが齢これよりと思ふ花に立つ　立子

この谷戸も花の絵巻となりゆかん　椿

西行庵散りゆく花の行方かな　高士

花

花見

一行に大雨となり桜狩　立子

姿見にすつと身に添ふ花衣　椿

花を見て薬王院のお精進　高士

年寄れど娘は娘父の春　立子

妃殿下の春のコートを手に受けて　椿

越前の海見てをれば心春　高士

春

春浅し

仮住のなれぬ水仕や春浅き　立子

黄楊櫛を一つ買ひたる浅き春　椿

蟹食うて三国の春はまだ浅し　高士

春惜み命惜みて共にあり　立子

今朝の富士大きく近く春惜む　椿

惜春や更に汽笛といふものを　高士

春惜む

春風

春風や消えなんとするおらふそく　立子

仏縁も句縁も春の風に似て　椿

立子よく来し園に今春の風　高士

春炬燵

春炬燵あぎとをのせて不機嫌に　立子

叔母二人待つてくれゐる春炬燵　椿

手にとりし蕪村句集や春炬燵　高士

春寒

春寒し赤鉛筆は六角形　立子

日だまりの丘に春寒忘れ立つ　椿

池の面に小波ひとつ春寒し　高士

春を雨うらむ心もたのしくて　立子

春雨に少し遅れて渡舟着く　椿

春雨や俄かに虚子の塔ありし　高士

春雨

春の暮

春暮るゝ子の思ひ出に暮しをり　立子

絢爛と高尾暮春の絵巻物　椿

橋渡り次の橋まで春の暮　高士

吾も春の野に下り立てば紫に　立子

春の野に自由と安堵分ちけり　椿

春の野にけふの風音生きてをり　高士

春の野

春の水

昃《ひかげ》れば春水の心あともどり　立子

春水の流れの如く思ひ出す　椿

落日を乗せて動くや春の水　高士

春の雪

目の前に大きく降るよ春の雪　立子

比良比叡の重なる暮色春の雪　椿

夜の街を急ぐ足音春の雪　高士

春の夜

春の夜や昼のまゝなるおもちや箱　立子

灯台のつけば動きぬ春の闇　椿

春の夜のものの音高くなりにけり　高士

オルガンのはたと止みけり春の宵　立子

春宵の一人残して揃ひけり　椿

春宵の波音もなき由比ヶ浜　高士

春の宵

春火桶

左手を春の火桶にあづけ読む　立子

春火桶神事待つ間の控へ室　椿

僧の間のたゞ広々と春火桶　高士

雛

雛飾りつゝふと命惜しきかな　立子

立子雛飾りてお待ち申します　椿

柳川の雨の落ち着き雛の宿　高士

雛あられ

掌の上に今出来たての雛あられ　立子

雛あられ色を散らして灯の下に　椿

雛あられ所狭しと卓の上　高士

口ごたへすまじと思ふ木瓜の花　立子

とんくと庭石踏んで木瓜の花　椿

木瓜咲いて結界遠く見ゆるなり　高士

木瓜の花

水温む

さうかとも思ふことあり水温む　立子

まだ風の尖つてをれど温む水　椿

一水の温みし先に女滝あり　高士

ものの芽のこは真《ま》紫小《さ》紫　立子

山吹の一気に芽立つ土堤明り　椿

ものの芽のどこからとなく光り満つ　高士

ものの芽

百千鳥

父如何に母なつかしと百千鳥　立子

山寺の一期一会の百千鳥　椿

人去りてよりの禅林百千鳥　高士

数奇屋より次の数奇屋へ雪解風　立子

雪解川渡りてすぐの旅籠なる　椿

連山を覆ひし雲や雪解急　高士

雪解

余寒

今日の日を今日の命と余寒かな　立子

灯明のすつと立ちたる余寒かな　椿

内苑のあますことなき余寒かな　高士

ライラック

さりげなくリラの花とり髪に挿し　立子

灯の下のリラの香りに集ふかな　椿

ライラック旅に終はりといふはなし　高士

夏

青嵐

青嵐人々白く吹かれ歩す　立子

草帚転がつてをり青嵐　椿

若き日の虚子の写真や青嵐　高士

買物は一人が気楽簾見る　立子

山よりの風にふくらむ簾かな　椿

島影は大いなるもの青簾　高士

青簾

暑さ

のしかゝる如き暑さに立ち向ふ　立子

千仞の谷より暑さ這ひ上る　椿

子規庵へ暑き言問通りかな　高士

忘れたきこと丶一途に水を打つ　立子

打水の先に広がる日向かな　椿

打水や乾ききれざる石一つ　高士

打水

落し文

落し文ありごろ〳〵と吹かれたる　立子

松山の碧虚を偲ぶ落し文　椿

落し文乾ききつたる山路かな　高士

黴

黴のものひろげ見て又しまひ置く　立子

寄贈さる黴もなかりし虚子の軸　椿

新館と旧館とあり黴の宿　高士

髪洗ふ

吾子の髪少し切らばや洗ひやる　立子

髪洗ふ十六歳の反抗期　椿

星空を仰ぐ洗ひし髪のまゝ　高士

蚊遣火の香の残りたる朝掃除　立子

渦に火をつけて蚊遣の夜となりぬ　椿

蚊遣火や真夜の天井低かりし　高士

蚊遣火

烏瓜の花

烏瓜夜ごとの花に灯をかざし　立子

夕風に花開きゆく烏瓜　椿

烏瓜の花ひそ〱と凭れ合ひ　高士

鱚

漁師等にかこまれて鱚買ひにけり　立子

火の国の地酒と鱚の一夜干し　椿

半島の落日忙し鱚を釣る　高士

桐の花

電車いままつしぐらなり桐の花　立子

桐の花咲けば立子の世を近く　椿

峠路やバックミラーに桐の花　高士

草笛の子や吾を見て又吹ける　立子

草笛や夢はいつしか生甲斐に　椿

鳴らずとも草笛を手に帰りけり　高士

草笛

香水

香水の正札瓶を透きとほり　立子

香水や富士屋ホテルの昼下り　椿

大川の風に香水流れ来る　高士

河骨の花見つけたるうす濁り　立子

河骨の水より出でぬ蕾かな　椿

河骨に山に日射しの届かざる　高士

河骨

五月雨

五月雨の印旛落しも見て来たり　立子

一周忌僔きままに五月雨るる　椿

古きもの新しきもののさみだるる　高士

広々と紙の如しや白菖蒲　立子

黄菖蒲にふれんばかりの舟下り　椿

尖りたる水やり過ごし花菖蒲　高士

菖蒲

初夏

小諸はや塗りつぶされし初夏の景　立子

一と言に初夏といふには惜しき蝦夷　椿

初夏の丘それほどは高からず　高士

父想ふことが力よ新樹行　立子

どの新樹ともなく匂ひこぼしけり　椿

一本の新樹のうしろ暗かりし　高士

新樹

水飯

水飯のごろ〳〵あたる箸の先　立子

水飯や広がる海を眺めつゝ　椿

水飯や箸の重みも有難し　高士

涼し

帯とけば涼しくなりぬ水音も　立子

涼風に今晴れれば対しけり　椿

涼風や人皆違ふ旅情持ち　高士

蟬

蟬採りの竿さゝへあげ柵をとぶ　立子

木洩日を風ごと包む蟬時雨　椿

頼朝と虚子の鎌倉蟬時雨　高士

娘等のうかく遊びソーダ水　立子

今日よりも明日が好きなりソーダ水　椿

三越の食堂が好きソーダ水　高士

ソーダ水

泰山木の花

暁の空気泰山木咲けり　立子

蕾見え泰山木の花を待つ　椿

泰山木の花に下から闇迫る　高士

滝

滝見茶屋大鉄瓶のたぎりをり　立子

熊笹の向ふに滝の現はるる　椿

傾きし日を抱きたる大瀑布　高士

月見草

人の世に月見草あり夜明あり　立子

月見草涙見せじと海を見る　椿

湖の名前は知らず月見草　高士

竹林の奥の日向を梅雨の蝶　立子

梅雨夕焼三十六峰東山　椿

梅雨空も明るくなりしかづら橋　高士

梅雨

籐椅子

籐椅子に掛けたる人の早や静か　立子

籐椅子に湖の風山の風　椿

籐椅子に深く座れば見ゆるもの　高士

こだまして子等遠ざかる森の夏　立子

幾山河越えて身延の夏稽古　椿

種子島

ガジュマルの大樹の前に佇ちて夏　高士

夏

夏帯

よきみくじ四つに畳んで単帯　立子

夏帯や千秋楽の桟敷席　椿

夏帯や小町通りに海の風　高士

夏草やバケツ振り〱子供来る　立子

夏草に佇てば遠き日遠き人　椿

夏草に一山系の水の音　高士

夏草

夏野

雨雲のいつもどこかに夏野ゆく　立子

大夏野ここより佐賀と道標　椿

一歩づつ違ふ歩巾に大夏野　高士

夏の蝶

夏の蝶このやうに出て十輪院　立子

母の如夏蝶我を案内す　椿

夏蝶の越えゆくものに起伏なし　高士

夏料理

美しき緑走れり夏料理　立子

京野菜豆腐もろく夏料理　椿

川音を忘れてをりし夏料理　高士

焚きつづく夏炉に夜が来たりけり　立子

夏炉焚く煙草の匂ひちよつと好き　椿

人去りて人を恋ひたる夏炉かな　高士

夏炉

薄暑

皆が見る私の和服パリ薄暑　立子

水売つて薄暑の苑の入り口　椿

軽暖やビルが支へし街の空　高士

葉桜の影ひろがり来深まり来　立子

葉桜や背伸びをすれば見える海　椿

葉桜に夕べの風の過ぎやすく　高士

葉桜

端居

端居してすぐに馴染むやおないどし　立子

虚子の星立子の星よ夕端居　椿

端居して家康公を祀る宮　高士

蓮の葉の土橋にのりて大いさよ　立子

蓮池に水の隙間も無かりけり　椿

白蓮の一花に大いなる日向　高士

蓮

葉柳

重き雨どう〳〵降れり夏柳　立子

濠端の葉柳抜けてマラソンす　椿

葉柳にまた戻り来る池の風　高士

ばら剪りてざぶりと桶に浸けておく　立子

真実は鞭より強しばらの花　椿

ばらの香と潮の香と嗅ぎ分けてをり　高士

薔薇

万緑

恐ろしき緑の中に入りて染まらん　立子

寝転べば緑の風に包まるる　椿

山深く緑迫りて来たりけり　高士

日傘

乗るまでもなし大仏へ日傘さし　立子

頂上は日傘を畳む程の風　椿

持ち替へし日傘はすぐに馴染みをり　高士

避暑

避暑楽し足りなきものは隣より　立子

避暑心まづ湖の風に立ち　椿

人々に夜が来てをり避暑の宿　高士

娘と我の性火取虫誘蛾燈　立子

返信の来ぬまゝ更けて火取虫　椿

波音の揃ふ頃合ひ火取虫　高士

火取虫

日焼

日焼してしまひしことよ湯にひたり　立子

日焼して猶親しみの湧く笑顔　椿

日焼して小学校の教師たり　高士

蛍の国よりありし夜の電話　立子

流れあり暮れゝば蛍飛ぶといふ　椿

闇よりも暗きを探す初蛍　高士

蛍

時鳥

ほととぎす鳴きしといへば皆縁に　立子

伊香保迄日帰り旅やほととぎす　椿

ほととぎす夜明けを告げてゐるしじま　高士

からからと祭帰りの人通り　立子

掛け声の川を越えくる大神輿　椿

面々に変りなかりし祭笛　高士

祭

短夜

淋しさや父よ父よと明易し　立子

短夜や会ひたき人は夢に出ず　椿

明易の枕の横の旅切符　高士

横になればすぐに眠たし宿浴衣　立子

女湯は四時からですと宿浴衣　椿

浴衣着て一番星を探しをり　高士

浴衣

百合

百合活けてあまりに似合ふ瓶怖はし　立子

野路の百合今開かんと一途なり　椿

百合の香の足元にまで雨催　高士

神さびて大緑蔭に宮居あり　立子

緑蔭の舞台の袖に出を待てり　椿

大陸の緑蔭人を誘ひけり　高士

緑蔭

冷房

冷房に疲れし肩を叩くなり　立子

湯の町へ一直線の冷房車　椿

丸ビルの古りゆくものにクーラーも　高士

老鶯のだん〱遠くそれつきり　立子

老鶯の声風に飛び空に消ゆ　椿

老鶯のつづけ様なる虚子日和　高士

老鶯

秋

秋

人の世の秋やしあはせふしあはせ　立子

近道と思へど遠し山の秋　椿

垣間見る子規球場やホ句の秋　高士

秋風や蔵の窓より額の文字　立子

金風や虚子も素十も歩みし野　椿

秋風や航路は北へありしのみ　高士

秋風

秋簾

秋簾とろりたらりと懸りたり　立子

島宿に客あるなしや秋簾　椿

夕映に幅の生まるゝ秋簾　高士

秋茄子ややさしくなりし母かなし　立子

秋茄子があれば手料理すぐに出来　椿

艶やかな紺は一と色秋茄子　高士

秋茄子

秋の雨

秋雨や馬が顔出す樺林　立子

山荘の秋霖にゐて気儘なる　椿

馬場道の隅まで濡らし秋の雨　高士

雨雲のちぎれ秋空まだけはし　立子

大いなる秋天を染め昏れなづむ　椿

見上げれば秋天狭き虚子の塔　高士

秋の空

秋の蝶

遠目にも黄色き秋の蝶なりし　立子

ふと現るゝ朝の色なる秋の蝶　椿

秋蝶の時には白を待つ心　高士

秋灯を明うせよ秋灯を明うせよ　立子

秋灯に偲ぶ心を見せまじと　椿

赤鉛筆黒鉛筆や秋灯下　高士

秋の灯

秋の山

大原男のいつまで休む秋山路　立子

大の字のくつきり見えて秋の山　椿

四万十川の名もなき山も粧ひて　高士

秋晴の茅舎を訪へばよろこべり　立子

秋晴に攫はれさうになりにけり　椿

秋晴や木陰にをるは二三人　高士

秋晴

朝顔

朝々や朝顔の蔓なほしやる　立子

朝顔のその鮮やかな雨上り　椿

朝顔や出窓は晴れを呼ぶところ　高士

昼の間の出来ごと遠く天の川　立子

銀漢や山湖の闇の深からず　椿

銀漢や四十になりて虚子を思ふ　高士

天の川

うすばかげろふ

今宵またうすばかげろふ灯に　立子

いつまでもうすばかげろふ影と在り　椿

うすばかげろふ何時となく夜と夜　高士

をみなへしあしたの原に色濃ゆく　立子

女郎花咲いて明るき木戸を押す　椿

一度は暮るゝ色して女郎花　高士

女郎花

鉦叩

暁は宵より淋し鉦叩　立子

鉦叩八つ九つ途切れけり　椿

鉦叩その一画の闇の数　高士

年寄りし姉妹となりぬ菊枕　立子

叡山を下りて今宵の菊枕　椿

みちのくの細き雨音菊枕　高士

菊枕

霧

霧の中「ゐるか」と男牛を呼ぶ　立子

霧を来て影絵の如く鐘を撞く　椿

霧に在りても活火山なりしかな　高士

桐一葉して忽ちに風に乗り　立子

桐一葉松山の風吾にやさし　椿

裏山のどこからとなく桐一葉　高士

桐一葉

草紅葉

鉛筆の落ちて音せず草紅葉　立子

尻尾立てリスの隠れし草紅葉　椿

草紅葉あと少しだけ歩かうか　高士

コスモスの花ゆれて来て唇に　立子

コスモスの湖辺彩る淋しさに　椿

もの思ふ形に揺るゝ秋桜　高士

コスモス

爽やか

爽やかや話し度きことみな話す　立子

この旅を思ひ立つより爽やかに　椿

爽やかや鞄に無駄なものも入れ　高士

一服の緑茶に残暑おさへたり　立子

忘れゐし残暑の中に戻りけり　椿

靴音の残る暑さを拾ひけり　高士

残暑

子規忌

糸瓜忌や子規の話を母に聞く　立子

波霽《は》れて子規忌の虹の立ちにけり　椿

虚子いつも心にありて子規忌かな　高士

新涼や旅長くなる手紙書く　立子

新涼やこの上何を望まんか　椿

新涼や白樺林山毛欅林　高士

新涼

芒

雨の糸ときぐ見ゆる芒かな　立子

抱へ来る人を隠して花芒　椿

一叢の芒に風の来る早さ　高士

父がつけしわが名立子や月を仰ぐ　立子

明日のこと分からぬがよし月仰ぐ　椿

虚子塔へ月の小径を誘はれ　高士

月

露

一束の線香分けあひ露の墓　立子

鐘撞けば露けき音の広がりぬ　椿

露の世の艶の増したる柱かな　高士

赤とんぼ葉末にすがり前のめり　立子

蜻蛉飛ぶ真珠筏の水越えて　椿

赤とんぼ夕暮はまだ先のこと　高士

蜻蛉

西の虚子忌

この後は西の虚子忌と申さばや　立子

墓に告ぐ西の虚子忌のこと等を　椿

この雨も静かに西の虚子忌かな　高士

後の月

次の間に女客あり十三夜　立子

富士眠り闇生きくと十三夜　椿

尖るもの多き街並十三夜　高士

野分

吹かれきし野分の蜂にさゝれたり　立子

揚げ舟を叩き野分の去りにけり　椿

道標朽ちかけてゐし野分中　高士

ゆれそめてこまかき萩と思ひけり　立子

萩に来て大きな風となりにけり　椿

蒼穹になほうすく〳〵と萩の花　高士

萩

初秋

初秋の大きな富士に対しけり　立子

水うまきことも初秋なりしかな　椿

初秋の人みなうしろ姿なる　高士

遙々と思ひつゞけて来し花野　立子

富士あれば花野があれば楽し日々　椿

夜は雨の音のしてゐし花野かな　高士

花野

花火

花火上るはじめの音は静かなり　立子

山に消え闇に轟く花火かな　椿

終はりたる花火に遅れ来し人よ　高士

庭に出て線香花火や雨上り　立子

手花火の波打際に弾みけり　椿

手花火の後ろに闇の集り来　高士

花火線香

蜩

蜩や使またせて書く返事　立子

蜩の近くと思ふ遠さかな　椿

また違ふ蜩の鳴きはじむ街　高士

考へても疲るゝばかり曼珠沙華　立子

曼珠沙華咲くも消ゆるも不思議かな　椿

曼珠沙華ばかり落日ばかりなる　高士

曼珠沙華

蓑虫

蓑虫の留守かと見れば動きけり　立子

蓑虫の飽きずに今日も軒の下　椿

みの虫に当る雨脚見えてをり　高士

今日の月全く星をかくしたり　立子

二次会もしたし名月高ければ　椿

日本のどこにをりても今日の月　高士

名月

木犀

木犀に帯締めながら目をやりぬ　立子

木犀の香りに遠く思惟仏　椿

木犀の香の中心といふところ　高士

白きもの振りゐる見ゆる紅葉山　立子

薄紅葉濃紅葉又も旅を恋ふ　椿

山頂へ少し急ぎて紅葉濃く　高士

紅葉

桃

桃食うて煙草を吸うて一人旅　立子

その人の元気と聞けば桃甘し　椿

白桃をすゝりてどこか力湧く　高士

夜寒の灯雨戸開けば庭石に　立子

水音の門前町の夜寒かな　椿

峰寺の夜寒は一人づつにあり　高士

夜寒

夜の秋

夜の秋や電話のベルを庭にきく　立子

黒々と山動きけり夜の秋　椿

まだ暗くならぬ空あり夜の秋　高士

高原の流星しきりなる夜かな　立子

楽しみは星飛ぶ頃と引き留めて　椿

流星を見て来し夜の眠かりし　高士

流星

冬

息白し

君煙草口になきとき息白し　立子

息白く語りし事も思ひ出に　椿

一歩でも百歩でも息白き街　高士

朴の葉の落ちをり朴の木はいづこ　立子

落葉のせ水は流れを忘れをり　椿

まだ音とならぬ落葉を踏みに行く　高士

落葉

顔見世

顔見世といへばなつかし吉右衛門　立子

顔見世の大緞帳の縞模様　椿

顔見世や雨の向うに東山　高士

風花や美しく夜に入らんとす　立子

風花や旅情といふは濃く淡く　椿

風花や中仙道の道標　高士

風花

悴む

かじかめる手にマッチすり渡しけり　立子

悴みし指に光りてトルコ石　椿

悴みし手でオリオンを指しにけり　高士

風邪の子の客よろこびて襖あく　立子

酔ひ心地風邪心地海見てをりぬ　椿

駅頭に人を待ちつつ風邪心地　高士

風邪

鴨

下りるとき青美しき鴨のはね　立子

鴨の池二つに分けて太鼓橋　椿

流されてゐるとも見えず鴨の陣　高士

寒菊にふれし箒をかるく引き　立子

冬菊の少し傾ぐも虚子の墓　椿

寒菊や裏山なべて鳥の声　高士

寒菊

口切

口切や日の当りゐるにじり口　立子

口切や松籟高き門くぐる　椿

口切や遅れ来る人帰る人　高士

クリスマス電光ニュースよく語り　立子

イヤリング揺れてもうじきクリスマス　椿

神父弾く別れのクリスマスソング　高士

クリスマス

凍る

凍土の上ほかくと乾きけり　立子

凍てもせず清正の井の満々と　椿

街凍てて空に集まる星の数　高士

炬燵の間母中心に父もあり　立子

炬燵より出でて別れの挨拶を　椿

山寺の遊び心にある炬燵　高士

炬燵

木の葉髪

我とても眠さは同じ木の葉髪　立子

一誌守り一館守り木の葉髪　椿

朝刊をめくる音たて木の葉髪　高士

大仏に足場かけたり小六月　立子

日本間も洋間も開けて小六月　椿

ペン持てば言葉生まるる小六月　高士

小春

左義長

左義長の今日あるといふ登校す　立子

組まれゆく左義長の竹しなはせて　椿

左義長の火の粉散りゆく日本海　高士

寒き夜や虚子まづ飲めば皆酔へり　立子

鐘撞けば寒さが散りぬ温泉寺　椿

海よりの帰り道とは寒かりし　高士

寒さ

時雨

時雨るゝといひつゝ別れ惜みける　立子

大仏の背山静かに時雨をり　椿

まだ奥に住む人のゐて谷戸時雨　高士

前橋は母の故郷霜夜明け　立子

望郷のショパンを弾いて霜夜かな　椿

稜線に星空触るる霜夜かな　高士

霜夜

水仙

水仙の花のうしろの蕾かな　立子

水仙の伸びやかにして海の風　椿

水仙の香を敷きつめてゐる天地　高士

炭ついでさらりとふざけゆきにけり　立子

炭足して仲居の帰る湯宿かな　椿

禅寺の読経のとどく炭俵　高士

炭

焚火

茅舎を訪ふ

燃えきりし焚火のそばに語りをる　立子

帰りたくなくて焚火を育てをり　椿

真直ぐに焚火の煙り谷戸の空　高士

竹馬の子のおじぎしてころびけり　立子

竹馬や兄高々と乗りこなす　椿

竹馬の子の丈にのみ川の風　高士

竹馬

短日

短日のふと何か欲り指輪欲り　立子

成すことの多しみじみ日短　椿

短日の表の顔と裏の顔　高士

いつまでも同じ山道氷柱みち　立子

軒氷柱浅間颪の今日も又　椿

夜の音の外れにありし軒氷柱　高士

氷柱

石蕗の花

石蕗に虻とまりて影のなかりけり　立子

妃殿下と石蕗咲く庭に椅子を向け　椿

日溜りと日向とは別石蕗の花　高士

歳晩や一人の時は倹約に　立子

歳晩の人の流れを逆に来し　椿

裏道の抜け道もまた年の暮　高士

年の暮

年忘

とんとんと上る階段年忘れ　立子

刻々と変る海見て年忘　椿

江の島と富士見てよりの年忘　高士

二の酉もとんと忘れて夜に入りし　立子

はぐれたる人と又会ふ酉の市　椿

人情も売つてをりけり酉の市　高士

酉の市

煮凝

煮凝の皿にとけ込む琥珀色　立子

煮凝や留守の間の置手紙　椿

煮凝や雨音遠き隠れ宿　高士

初時雨人なつかしく待ちにけり　立子

江ノ電の踏切鳴るや初時雨　椿

初時雨そのまま雨となりし街　高士

初時雨

春待つ

春を待つ心を正し処しにけり　立子

待春の富士大きかかり明るかかり　椿

いつとなくすでに春待つ歩幅かな　高士

わが寝ねる枕屏風のただましろ　立子

句屏風の百句にみつめられてをり　椿

虚子の部屋立子の部屋の屏風かな　高士

屏風

冬

化粧坂うねく冬の山裾を　立子

こゝに来て冬を眩しきものと知る　椿

分厚さを均してをりぬ冬の闇　高士

冬構とてなけれども谷戸の朝　立子

宮様の植樹の桃も冬囲　椿

海鳴りの静かなときや冬構　高士

冬構

冬薔薇

冬ばらや父に愛され子に愛され　立子

冬薔薇祝ぎの余韻のまだ少し　椿

揺れて香を閉ぢ込めてゐる冬のばら　高士

冬の蝶霊抜けて飛び廻る　立子

面影を抱き歩めば冬の蝶　椿

冬蝶の日向の色となりにけり　高士

冬の蝶

冬の月

冬の月より放たれし星一つ　立子

冬の月明日は晴れると又思ふ　椿

また高く冬満月の波の音　高士

大仏の冬日は山に移りけり　立子

あの辺が小諸と思ふ冬日かな　椿

老松に入りたるまゝの冬日かな　高士

冬の日

冬の山

夕方となりゆく冬の山を見て　立子

磨崖仏いくつも抱き冬の山　椿

茅舎眠る冬山深くふかくかな　高士

昨日よりもをとゝひよりも冬日和　立子

道きけばそこと指さし冬日和　椿

冬晴や出羽三山は見えずとも　高士

冬日和

冬めく

冬めけり虚子先生の知らぬ庭　立子

冬めくと云ふ言葉すら忘るる日　椿

冬めいて人待ち顔の人ばかり　高士

水鳥の木の間がくれに騒がしく　立子

水鳥は昏れ人の世はあかくと　椿

波昏れて来て水鳥の数となる　高士

水鳥

目貼

目貼せし所目立ちて夜となる　立子

料亭の目貼してある控へ室　椿

怒濤なほ耳に残りし目貼かな　高士

虎落笛このよろこびを悲しみを　立子

一つづつ事終へてゆく虎落笛　椿

虎落笛世の騒音を消しにけり　高士

虎落笛

雪

雪の道足袋濡れて来て心細　立子

暮雪とはどこか淋しく人恋し　椿

雪の夜はせめて静かにしてゐたく　高士

雪晴の富士など見つゝ来られしや　立子

雪晴の富士あればこそこの道を　椿

雪晴の朝の街角曲りけり　高士

雪晴

炉

話なきまゝに炉火かき立てゝをり　立子

炉火爆ぜて母が座つてゐる様な　椿

炉話や旧知の如く居並びて　高士

あとがき

平成二十六年六月、日本で初めての女流主宰俳誌『玉藻』が、千号を迎えた。

これは昭和五年に、高濱虚子が、次女である星野立子の才能に惚れ、自分よりも詩人である、と書いたことから始まったものである。

その頃は、女流という言葉もあまり使われておらず、女流俳人もそうは居なかった。「台所俳句」と名付けた虚子が、将来の俳句は女性が多く占めるであろう、と予測し広く募った。

その立子は、虚子の期待に応えて数々の名句を作り、『玉藻』と共に時が流れる。

そして、妹の高木晴子や今井つる女といった身内の応援を受けながら、娘の星野椿へと継いでいった。

その椿も、母・立子の俳句を踏まえながら、素直でかつ大胆な作品を『玉藻』その他の俳壇誌に発表して、独自の才能を発揮する。

千号を以て、母・椿が名誉主宰になり、私がこの歴史ある『玉藻』の主宰となった。

考えてみると、女流主宰からの系譜が、千号から男の主宰になったというのも、継続、発展を望まれてのことと思っている。

そんな時間の流れの中に生まれたのが『行路』である。

走るばかりではなく、少し立ち止まって、立子、椿、そして私の俳句を同じ季題の中から並べることこそが、今現在の歴史なのだ。そして、それぞれの個性を一書に纏めることによって、共鳴し、新しい和音が聞こえてくるならば、こんなに楽しいことはないではないか。

『行路』という題のとおり、今までの路とこれからの路は永遠なのである。

立子の句、そして勿論、元気に活躍している椿の句の現在、私の句の今を味わっていただければ幸いである。

もっとも、椿も私も俳句を作り続けているので、新しい作品への挑戦はまだまだ続く。

こんな夢のような一書を発案し、実現させてくれた協力各位、題字揮毫の山本素竹氏、花乱社、design POOLには有難い気持ちでいっぱいだ。

老若男女を問わず、気楽に読んで、五七五の俳句の世界に親しんでいただければと願っている。

平成二十七年一月十五日

星野高士

季題別索引（50音順）

あ行

青嵐 70
青簾 71
赤蜻蛉 153
秋 126
秋風 127
秋桜 145
秋雨 130
秋簾 128
秋空 131
秋蝶 132
秋茄子 129
秋の雨 130
秋の蝶 132
秋の空 131
秋の灯 133
秋の山 134
秋晴 135
秋山 134
明易し 118
朝顔 136
朝霞 19
朝桜 27
浅き春 46
暑さ 72
天の川 137
洗ひ髪 76
息白し 174
凍土《いてつち》 184
冱《い》てる 184
犬ふぐり 14
鶯 15
うすばかげろふ 138
打水 73
落椿 41
梅 16
梅の花 16
追羽子《おいばね》 2
落葉 175
落し文 74
女郎花 139

か行

帰る雁《かり》 17
顔見世 176
賀客 11
陽炎 18
風花 177
悴《かじか》む 178
霞 19
風邪 179
風光る 20
蝌蚪《かと》 21

鉦叩 140
黴 75
黴の宿 75
髪洗ふ 76
鴨 180
蚊遣《かやり》 77
蚊遣火 77
烏瓜の花 78
雁帰る 17
寒菊 181
帰雁《きがん》 17
菊枕 141
鱚 79
今日の月 165
虚子忌 22
霧 142
桐の花 80
桐一葉 143
銀漢 137
金風 127
クーラー 122
草笛 81
草餅 23
草紅葉 144
口切 182
クリスマス 183
軽暖《けいだん》 104
今朝の春 5
香水 82
紅梅 24
河骨《こうほね》 83
仔馬 25
凍る 184
小正月 3
コスモス 145
炬燵 185
木の葉髪 186
小春 187
小六月 187

さ行

歳晩 199
囀《さえずり》 26
左義長 188
桜 27
桜狩 44
五月雨 84
さみだるる 84
寒さ 189
爽やか 146
三ヶ日 4
残暑 147
残雪 28
子規忌 148
時雨 190
下萌《したもえ》 29
霜夜 191
十三夜 155
秋天 131
秋灯 133
秋灯下 133
秋霖 130
春光 30
春宵 57
春水 54
春潮 31
春泥 32
春灯 33
春雷 34
菖蒲 85
初夏 86

新樹 87
沈丁 35
沈丁花 35
新年 5
新涼 149
水仙 192
水飯 88
芒 150
涼し 89
簾 71
炭 193
惜春 47
蟬 90
蟬時雨 90
線香花火 161
早春 36
ソーダ水 91
卒業 37

た行

泰山木の花 92
待春 204
滝 93
焚火 194
竹馬 195
短日 196
チューリップ 38
蝶 39
丁字 35
月 151
月見草 94
土筆 40
椿 41
梅雨 95
露 152
露けし 152
露の世 152
氷柱 197
石蕗《つわ》の花 198
手花火 161
籐椅子 96
年明く 5
年の暮 199
年忘 200
酉の市 201
蜻蛉 153

な行

夏 97
夏帯 98
夏草 99
夏野 100
夏の蝶 101
夏柳 108
夏料理 102
夏炉 103
煮凝《にこごり》 202
西の虚子忌 154
二の酉 201
温む水 62
涅槃 42
涅槃図 42
後の月 155
野分 156

は行

萩 157
薄暑 104
白桃 168

瀑布《ばくふ》　93
葉桜　105
端居《はしい》　106
蓮　107
蓮池　107
初秋　158
初時雨　203
初蝶　39
初電話　6
初夏　86
初音　15
初蛍　115
初夢　7
花　43
花衣　44
花菖蒲　85
花芒　150
花野　159

花火　160
花火線香　161
花見　44
羽子　2
葉柳　108
破魔矢　9
薔薇　109
春　45
春浅し　46
春惜む　47
春風　48
春炬燵　49
春寒　50
春雨　51
春の風　48
春の暮　52
春の野　53
春の水　54

春の闇　56
春の雪　55
春の夜　56
春の宵　57
春火桶　58
春待つ　204
万緑　110
日傘　111
蜩《ひぐらし》　162
避暑　112
避暑の宿　112
単《ひとえ》帯　98
火取虫　113
雛　59
雛あられ　60
雛飾る　59
雛の宿　59
日短　196

日焼　114
白蓮　107
屏風　205
冬　206
冬囲　207
冬構　207
冬菊　181
冬薔薇《そうび》　208
冬の蝶　209
冬の月　210
冬の日　211
冬の山　212
冬ばら　208
冬晴　213
冬日　211
冬日和　213
冬めく　214
冬山　212

糸瓜忌《へちまき》 148
ホ句の秋 126
木瓜《ぼけ》の花 61
星飛ぶ 171
暮春 52
暮雪《ぼせつ》 218
蛍 115
時鳥《ほととぎす》 116

ま行

松過 10
松取る 10
祭 117
祭笛 117
繭玉 8
曼珠沙華 163
神輿 117
水を打つ 73
水温む 62
短夜 118
水鳥 215
緑 110
蓑虫 164
名月 165
女正月 3
芽立ち 63
目貼 216
虎落笛《もがりぶえ》 217
木犀 166
餅花 8
ものの芽 63
紅葉 167
桃 168
百千鳥 64

や行

山装ふ 134
浴衣 119
雪 218
雪解《ゆきげ》 65
雪解《ゆきどけ》 65
雪晴 219
百合 120
余寒《よかん》 66
夜寒 169
夜の秋 170

ら行

ライラック 67
落花 27
落第 37
流星 171
涼風 89
緑蔭 121
リラ 67
礼者 11
冷房 122
炉 220
老鶯《ろうおう》 123
炉話 220

星野立子（ほしの・たつこ）
明治三十六年、東京生まれ。高濱虚子の次女。
昭和五年、俳誌『玉藻』創刊・主宰。
句集に『鎌倉』、『立子句集』、『笹目』、『實生』、『春雷』など。
昭和五十九年三月三日、永眠。八十歳。

星野　椿（ほしの・つばき）
昭和五年、東京生まれ。星野立子の長女。
『玉藻』名誉主宰。鎌倉虚子立子記念館代表。「西日本新聞」、「神奈川新聞」俳壇選者。朝日カルチャー俳句教室、読売文化センター俳句教室などの俳句講師。
句集に『早椿』、『華』、『波頭』、『雪見酒』、『マーガレット』、『椿四季集』、ほかに『俳句とともに』、『一日俳話』、『これからはじめる俳句入門』。

星野高士（ほしの・たかし）
昭和二十七年、鎌倉市生まれ。星野椿の長男。
『玉藻』主宰。鎌倉虚子立子記念館館長。朝日カルチャー俳句教室などの俳句講師。日本文藝家協会会員。公益法人日本伝統俳句協会会員。
句集に『破魔矢』、『谷戸』、『無尽蔵』、『顔』、『残響』、ほかに『美・色香』、『立子俳句３６５日』（共著）。

季題別句集《きだいべつくしゅう》　行路《こうろ》

＊

平成二十七年三月三日　第一刷発行

＊

著者　星野立子・星野　椿・星野高士

編集・発行　鎌倉虚子立子記念館　星野高士
鎌倉市二階堂二三一－一
電話 〇四六七（六一）二六八八
FAX 〇四六七（六一）二六三一

編集協力　俳誌『六分儀』編集室

制作・発売　合同会社花乱社
福岡市中央区舞鶴一－六－一三－四〇五
電話 〇九二（七八一）七五五〇
FAX 〇九二（七八一）七五五五

印刷　有限会社九州コンピュータ印刷

製本　株式会社渋谷文泉閣